LOUIS COURAJOD

PAROLES PRONONCÉES SUR SA TOMBE

PAR

Henry THÉDENAT

PRÊTRE DE L'ORATOIRE

VICE-PRÉSIDENT

DE LA SOCIÉTÉ NATIONALE DES ANTIQUAIRES DE FRANCE

(Extrait des Procès-verbaux de la Société nationale des Antiquaires
de France. Séance du 1er juillet 1896.)

PARIS

1896

LOUIS COURAJOD

PAROLES PRONONCÉES SUR SA TOMBE

PAR

Henry THÉDENAT

PRÊTRE DE L'ORATOIRE
VICE-PRÉSIDENT
DE LA SOCIÉTÉ NATIONALE DES ANTIQUAIRES DE FRANCE

(Extrait des Procès-verbaux de la Société nationale des Antiquaires
de France. Séance du 1er juillet 1896.)

PARIS

1896

LOUIS COURAJOD

« Messieurs,

« Il appartient à d'autres de vous parler du brillant élève sorti le premier de l'École des Chartes, après en avoir été, pendant trois ans, pensionnaire ; du conservateur, du professeur à l'École du Louvre. Pour moi, je n'ai qu'à adresser à notre confrère, au nom de la Société nationale des Antiquaires de France, un triste et dernier adieu.

« Louis Courajod fut élu membre résidant de notre Société le 5 mai 1875, à la même séance qu'Eugène de Rozière, à qui nous rendions, il y a huit jours à peine, les suprêmes devoirs. En 1878, il en fut secrétaire ; il la présida pendant l'année 1885 ; depuis 1889, il était membre de la Commission des impressions. Très attaché à notre Compagnie, il était assidu aux séances. Il a enrichi nos recueils de mémoires et de nombreuses communications.

« Notre *Bulletin*, toutefois, donnerait une idée peu exacte de ce que furent ces communications. Même quand il les avait soigneusement préparées, Louis Courajod, entraîné par la richesse de son érudition, par l'ardeur de sa nature, par la force de sa conviction, était bientôt en pleine improvisation. Et alors quel charme de l'entendre ! Comme les idées neuves, les rapprochements ingénieux, les arguments persuasifs se pressaient ! Comme la pensée jaillissait, originale et spontanée, et, avec elle, l'expression prime-sautière et pittoresque, faite, pour ainsi dire, sur mesure ! Qui jamais, mieux que lui, dans un fragment informe pour des yeux peu exercés, sut retrouver le coup de ciseau oublié par le temps, la ligne aux trois quarts effacée, où se révélait cepen-

dant la qualité maîtresse de l'artiste, où vivait quelque chose
de l'immatérielle beauté qui avait animé l'œuvre entière?
Quelle joie pour lui, et pour nous aussi, quand il pouvait
nous présenter un fragment, jusque-là ignoré, de la sculpture française au XIVᵉ siècle, cette époque qu'il avait pris
à tâche de venger d'un injuste oubli! Alors il aimait à
reprendre, chaque fois avec une passion et des arguments
renouvelés, la thèse chère à son cœur, que, à cette époque,
un grand souffle artistique passa sur la France, que, sous
des influences flamandes et bourguignonnes, la Renaissance
venait d'éclore dans notre pays, qu'elle eût été française si
les malheurs de la guerre contre les Anglais n'en avaient,
dès le début, brisé l'élan. Quelquefois, il nous apportait un
débris du Musée des monuments français, patiemment cher-
ché, reconnu grâce à d'habiles rapprochements, souvent
conquis de haute lutte : il nous parlait alors du Journal de
Lenoir et des salles nouvelles qu'il voulait ouvrir à la sculpture française. Il nous communiquait aussi des pages déta-
chées de ses carnets de voyage : des découvertes, des obser-
vations recueillies dans les musées et dans les collections de
l'étranger, en Italie, en Autriche, en Allemagne, en Hol-
lande, en Angleterre ; là il était aussi connu que parmi nous
et la France n'est pas seule à le pleurer. D'autres fois, il nous
faisait connaître les acquisitions nouvelles de son départe-
ment. Puis, le plus fréquemment, il remettait à notre secrétaire une note contenant, sous la forme la plus brève, ses
conclusions.

« Par leur nombre et dans leur ensemble, ces notes offrent
cependant un intérêt exceptionnel : l'émotion des découvertes
récentes, les ouvrages projetés par notre confrère, ses théories personnelles, les mémoires même destinés à d'autres
recueils que les nôtres, tout cela y a laissé une trace. On
peut, pendant plus de vingt ans, y suivre, dans l'ordre chro-
nologique, ses études et ses préoccupations scientifiques si
variées. C'est l'esquisse d'une histoire de cette active et puis-
sante intelligence.

« Œuvres jusque-là anonymes restituées à leurs auteurs;
bustes et statues retrouvant un nom ou dépouillés de celui

qu'ils portaient indûment; monuments reconstitués à l'aide de quelques fragments rapprochés d'un dessin ou d'une estampe; études sur l'art du moyen âge, sur la Renaissance en Italie et en France et sur ses ancêtres; maîtres et œuvres de la sculpture française aux XVI⁵ et XVII⁵ siècles; architecture, peintures, bronzes, médaillons, bois sculptés; ivoires, stucs, émaux, orfèvrerie; céramique et terres-cuites; manuscrits et miniatures, son activité scientifique explora tout le domaine des arts; puis, au coup d'œil du critique qui apprécie les œuvres, ajoutez l'érudition de l'archiviste qui poursuit dans les documents écrits l'histoire de leurs origines, l'expérience du savant qui connaît ou recherche la technique et les procédés des artistes du passé, voilà ce que, de 1875 à 1896, on trouve presqu'à chaque page de notre *Bulletin* et dans nos *Mémoires* sous le nom de Louis Courajod.

« Quel magnifique monument eût élevé notre confrère, si le temps lui avait été laissé! Mais à peine en a-t-il jeté les fondements, en pleine force, en plein talent, avant qu'il ait pu recevoir toutes les récompenses auxquelles il a droit, la mort l'enlève à la science, à l'art, à la France, à ses amis. N'en cherchons pas bien loin la cause. Il y a un an, Louis Courajod vivait encore à côté de sa mère, dont il n'avait jamais été séparé. Chaque soir, il trouvait, près de cette âme aimante et douce, l'apaisement dont avait besoin son ardente nature. De quelle sollicitude tendre et prévoyante elle entourait ce grand enfant, un peu turbulent, dont elle était justement fière et qu'elle savait si complètement ignorant des détails pratiques de la vie matérielle! Aussi, quand, cédant à la seule force qui pût être supérieure à son amour maternel, à la mort, elle dut le quitter sans qu'il eût jamais songé à se créer un foyer, nous tous, les amis de Louis Courajod, nous eûmes la prévision qu'il ne lui survivrait pas longtemps. Triste prévision, hélas! trop justifiée aujourd'hui.

« Qu'il repose donc en paix à côté d'elle. Que son esprit, qui chercha toujours le beau et le vrai avec une passion inquiète et tourmentée, comme aiguillonné par le pressentiment que la fin serait prématurée et qu'il fallait se hâter, que son âme loyale et généreuse, souvent trop sensible aux heurts et aux froissements inévitables dans la mêlée humaine, trouvent enfin le calme et le repos près de Dieu, à qui, jusqu'en sa dernière maladie, il fut spontanément fidèle. Ici-bas, l'oubli tombe sans cesse et couvre bientôt d'une couche uniforme les débris de ce qui n'est plus ; mais la mémoire de Louis Courajod peut hardiment affronter l'épreuve du temps. Il fut un semeur d'idées ; dans ses travaux et dans son enseignement, il a jeté trop de théories personnelles, trop d'aperçus nouveaux, pour que, même après lui, le travail de sa pensée ne continue pas son œuvre, comme ces rayons lumineux qui, dit-on, survivent longtemps encore à l'astre disparu d'où ils sont émanés. Plusieurs de ses théories seront définitives ; plus tard, des livres paraîtront, qui ne porteront pas son nom, mais pleins de sa doctrine et de ses idées.

« Pleurons-le donc, Messieurs, mais ne le plaignons pas ; ses hautes facultés n'auront pas connu l'affaiblissement des années. Il se survivra à lui-même, mais en laissant au cœur de ses amis un jeune et vivant souvenir, en léguant au patrimoine général de l'esprit humain quelque chose de son intelligence et de sa pensée. »

Imprimerie DAUPELEY-GOUVERNEUR, à Nogent-le-Rotrou.